詩集

ゆめがあるのなら

——限りなく優しくありたいひとたちへ

大塚常樹

土曜美術社出版販売

詩集　ゆめがあるのなら——限りなく優しくありたいひとたちへ　＊目次

カバー写真／著者撮影「故・お茶猫桜小路」

詩集　ゆめがあるのなら

——限りなく優しくありたいひとたちへ

I

言葉が空を飛べるなら

言葉が空を飛べるなら
色はうすいピンクで
アルバムのように
ゆっくりと開くがいい

言葉が海を泳ぐなら
色はうすいシャドウで
オルゴールのように
ふくらんで波打つがいい

言葉が夜を翔るなら
色はうすいレモンイエローで
揺られたラムネ瓶のように
絶えまなく泡立つがいい

ゆめがあるのなら

とびらを開けると
そこにはいつでもあしたがある
あけ方の光か　よあけまえの静寂が
時の離れにはうぐいすがいて
さわやかな季節を告げている
ゆめがあるのなら
ひとくちわけてくれないか

すっぱくても
にがくても
しおからくても
きみがたべるゆめのひとくちを

ゆめがあるのなら
ひとときわけてくれないか
どきどきするとき
ころびそうなとき
こえがかれるとき

きみが駆けている
ゆめのひとときを

宝石箱

宝石箱にあなたははいれない
はいれるのはあなたの笑顔
宝石箱にわたしははいれない
はいるのはわたしの後悔
宝石箱は小さすぎて
鍵がかからない

夜になるとふたがあいて
石たちが光り出す

鏡の中で吐息をたてる時計
針が左に回るとき

宝石箱からとびだしたのは
たくさんの　わたしの後悔

宝石箱からとりだせたのは
たった一つ　あなたの笑顔

優美な後悔

世界が私に話しかけてくるのは
いつも明け方のしじまの一瞬

ふくらんだ五月のさえずりや
室内楽を奏でる地の振動
過ぎ去っていく者たちの怨嗟な合唱

忘却は優美な後悔
距離をもたらすのは

律儀な時の天使たち
熟れ始めた果実の中で
眠りは深くうなずき

さめることのない蹉跌の中に
私は墜ちていく

ほめること

私をひとつほめて、
と妻がもとめた。
いつも一生懸命な姿が美しいね、
僕が答えた。

あなたがほめてほしいことはなに、
と妻がきいた。
何も浮かばなかった。
外見がいいの、それとも人柄がいい、

あるいは行動はどう、
と妻が気遣った。
自慢しないことだろう、
僕が答えた。

自慢しないのは自信があるからね、
と妻が言った。
妻の声はすぐに寝息に変わった。
本当は生きることが悲しかった。
ほしいものは眠ることだった。

ほめてほしいことは

生きてきたことに後悔がないことだった。

失うことがわかっているのに
あくせくしてきた。
手に入れたものは
すぐになくなっていた。

いつのまにか
失うものがなくなっていた。

とまり木のない九月

あなたの美しい一瞬は
とまり木に止まった九月が
なくことをわすれたような一瞬で

螺旋階段を昇りたがる
軽やかな魔術師のように
とりとめのないあなたの九月

あなたの美しさは

悪夢の夜明けにかいた
しめった汗のようにふしだらな
きもちばかりのかがやく青いブラウスで

さかまく凪の午後があれば
ねぐるしい夜明けの雨音もある
時にはそれらの音を
あなたのことばがさえぎることもある

しかし　とりとめのないあなたの季節
その波うつテンポのふしぎさに
私の肉体はしばしば溶ける

少女のままの女たちよ
私が忘れようとするものは
そのとけだした肉体の
正確に刻む季節時計なのだ

II

あなたのいない六月の庭 ver. 1

昨日まであなたがいた庭に
新しいつゆ草が咲く
盛り上がった草の森の下に
放置されたままの食器
花から落ちる露がたまったまま
空と森を映し出している

アリの巣やむき出しになった木の根
でこぼこした庭に

泥にまみれた白毛
あなたが体のほてりを冷やした
浅いゆりかごのようなくぼみ
あなたのいない六月の庭

まち角をまがると吠える声が聞こえてきた
待ち遠しさに耐えられないかのように
庭の木戸に前足をかけて大きな耳を立てて
二足で立っていた子供の頃のあなた

東の天空に何があるのか
先祖返りのように遠吠えしていた
しかりつけてもなだめても

焼けるように悩ましいあなたの本能
鎖を引きちぎって恋人に会いに行った
若かりし頃のあなたの熱情

後ろから近づく私の前で縁側から
窓の内側をじっと見ていたあなた
耳遠いあなたが待っていたのは誰だったのか
私が触れると一瞬おびえて
振り返って見上げた目が濁っていた
安心したように尻尾をふったあなたの鼻から
聞こえてきた不規則な呼吸
病院であなたは夜じゅう吠えていた

苦しそうに家の方角に向かって
獣医の電話で駆け付けた私の手から
嬉しそうにハムを一切れ食べたあなた
尻尾が激しく振れていた

翌朝血を吐いてあなたは
病院の床に横たわっていた
あなたが食べた最後の食事
どうしても帰りたかった
あなたの庭

あなたが月に吠えた庭は
あなたの痕跡を少しずつ消していく

モンシロチョウが迷い込めば
それは生まれ変わったあなた
雨上がりのむせぶ湿気のなかに
かすかなあなたの匂い
不意に綿毛が流れてくれば
それは帰ってきたあなたの魂

あなたのいない庭は
確かにあなたがいた
六月の庭

父の記憶

父が枝を燃やしていた
それは記憶の中で
一つの物語になった

父が家族を忘れていくあいだ
季節は花から枝に
枝から実るものへと
時の岸辺を移っていった

忘れることとはもどること
父の脳は子どもに　そして生まれたてのように
小柄な　そして薄い影になっていった

父を最初に失ったのは
それは父自身だったろうか
別のなにかのなかに
父のありかを探す家族だったろうか

日付の書かれた文章の中に確かさを求める
私もとうに自分を失い始めている

父が枯れ枝をあつめている

それは私の記憶の中の物語
私が時の刻みを渡るころ
父も静かに消えるのだろう

父と同じ病院に

父が入院した病院に
十一年後の僕がいる

酔ったような口ぶりで
深酔いかと冗談で答えていた父が
壊れた脳の血管のせいだとわかったのは
入院してからだった

毎日短歌を作って

看護師さんの話題になった
父は老いても情の人だった

それから三年間
父はどんどん壊れていった
最初の入院が父らしさの最期だった

父が入院した病院に
父にそっくりな僕がいて
病室で詩を書いている
誰に見せることもなく

僕が僕らしさの最期になるのか

僕の三年後が墓碑銘になるのか
それは誰も知らない

おれは死ぬのか？
壊れ始めてからおびえるように
父は僕を見つめた

壊れた父が最後にうなずいたのは
枯れ木のように黒ずんだ
死の前日だった

オー　ツー
カ　サン

オオツカサン
生まれたてのように僕は目を覚ます
シュジュツハ　オワリマシタ
たくさんの顔が天上から僕を見つめる
僕はゆっくりとうなずく

三年後の僕は　同じように
誰かに返事をしているだろうか
それは誰も知らない

ハヤブサ

白い雲が踊りに飽きて遠ざかると
広大な黒雲が戦場になだれ込んだ
ビルの屋上で季節が変わろうとしている

突然乱気流にハヤブサが舞い上がった
大きな瀧のように
誇らしげに
天空に描いた神の文字

輝かしい都会の　光の舞踏
見ることができなかったあなたに
この神秘な一瞬を報告しよう

見ることは存在していることの
確かな過ち
見続けることは諦めることだと
誰もが知るのだから

光に満ちた都会の午後
ビルの陰にひっそりと
沈黙の夜がねむる
聖なる時刻

Ⅲ

蜃気楼

少年の朝の影はゆれる
夏のしずかな蜃気楼

少年の背中で　影が傷口をひらく

積雲で風がつむじをまげるころ
銀紙の満月は予定通り
柱時計にあいづちをうつだろう

あなたのいない六月の庭 ver. 2

あなたのいない六月の庭に
光がしずかに影を落とす
あなたの透明な足あと
ゆっくりゆるんで落ちてくる
やさしいあなたの音楽
（おまえのいた庭は十二年の歴史のために
　おまえのにおいでいっぱいだ）
六月の庭で
私はしばし夏のかおりをたのしむ

雨上がりの空気はひとつの王国で
甘い果実のにおいや
虫たちのどよめきに似たささやき
たくさんのかすれそうな
あなたがものがたる風もきこえる
（草かげにはおまえの足あとが見えるようだし
おまえの毛はどろとまじりあい
葡萄のまわりは複雑な土の形状だ）

あなたがいる庭に
一晩雪がふりつもると
華やいだ光の舞台の中で
あなたは変にすすぼけて見えた
不機嫌なあなたの横顔

季節はもうあなたの春を予告しない
（まばゆいほど色の強い風景が私を淡泊にした
　夜の沼に　私は何をさがしに行けばよいのか）
あなたのいない六月は
陽射しの独白がいっぱいで
四十雀の翔ばない日もあれば
窓のあかない驟雨もある
世界は世界でありつづけ
世界は世界であることにつかれ
あなたのいない六月は
あなたのいない六月を続けている
（あなたが庭自身であったころ　私は枝にきた
　鳥の名を知らなかった　あなたがかくれたがった

木の名も）

あなたのいない六月に
ひとつの事件があるとすれば
天竺あおいが
雨に向かってのびてゆくことだ
それはなきごえのあなた
今日もあらたな湿地を作り出してゆく
あなたのあまえるその声が　私たちの
渇きをいやす泉であったように
（あなたは次第に写真だけのあなたになる）
あなたのいない六月の庭は
いつもとかわらない六月の庭で
窓ガラスのむこうから　足をそろえて

あなたが私たちをみていた庭
　（人々には人々の一年がある　私たちには
　　私たちの一年がある）
あなたのいない六月は
かげりのないまどろみ
今日もあなたのいない六月に
季節通り　雨がおちている

季節が変わる日

あなたがおきわすれた
最後の雨が夜をさわがせば
　それはただのたわむれ

あなたは
こぼれだした光の朝を
私の夢にもたらした

しらないどこかの梢で

あなたの子どもが生まれる
私の日常に
子どもたちの
無邪気な鳴き声がはいりこむ

……ねむりは本当に
水の流れのように冷たい
時を忘れるために
私はとどまることができない……

ほんのひとつの瞬間が
季節をかえてしまうことがある
それをしらせるのは

風の言葉ではない
ねむりからたちのぼる
あなたの声の
そのやわらかさなのだ

春の本――学生たちに

数字だけが書かれた薄い本
おそるおそる春が扉を開く

あなたはゆめ
かすかな羽ばたきの中から
名前を告げる小さな声

あなたは萌えいづるもの
ほぐれ　ゆるみ　大きくふくらんで

そして背筋がぴんとのびるもの

あなたはかなしみ
まよい　ためらい　あてどなくうつろい
うなだれて歩く重い足

あなたは四つの季節
はにかむ春　ものを想う夏
仏に出会う秋　文字を記す冬

あなたはみのり
きしみながら育ち　よろけながら
たしかに光をとらえるもの

あなたは旅人
彼方から風にのって来て
ひととき　花の名をささやいて
目を輝かし　足早にすぎさっていく

名前が詰まった重い辞書
ためいきの春が
そっと扉を閉じる

見上げてごらん

見上げてごらん　空を
雲がはにかみながら
書いているよ
白い文字でおはようと

近づいてごらん　枝に
小さなつぼみの中で
音なく揺れているよ
春の重みが

気がつかないか
君たちの笑顔の中に
もう刻まれている
飛び立とうとする
新しい季節が

記憶の花束

つねきい　と呼ぶ声がした
森の中から　空から聞こえてきた
姿の見えない天使たちのさえずり
人間が飛べない森の上を
小さな子どもたちは闊歩する
また春が来て落葉松に
おまえたちのベンチが作られるころ

私はまた自分を呼ぶ声を聞けるだろうか

昨年もその前の年も
私はここに立っていた
いつも未来を夢みながら

作られるのは記憶の花束
森の子供たちに捧げようか
いまここにいることの
たしかさのために

ゆめ

ゆめがあると誰かが言った
ゆめはかならずあると

生きることはゆめを失うこと
失うものならゆめはいらない

ゆめは追いつづけるもの
追いつづけられるなら
ゆめは

ある

あとがき

宮沢賢治を研究してきました。賢治から教えられたのは、すべての生き物への限りない優しさでした。そして自分も限りなく優しくありたいと願ってきました。しかし、日々の生活の中で仕事に追われ、規則や倫理に縛られ、小さなことにこだわり、焦り、怒り、嫉妬し、恐れ、そして疲れ、人々に厳しく接してきました。

この詩集の大部分十三篇は、二〇一一（平成二十三）年に書いたものです。三月、東日本大震災で人々が津波にのまれるのをテレビで目撃、五月、同僚の菅聡子氏が四十代の若さで急死、六月、親友と出かけた三陸海岸で惨状を目の当たりにし、八月、声帯の腫瘍切除手術、直後にイタリアのアッシジにおもむき聖フランチェスコに人々の幸福を祈りました。この間、限りない優しさが、突如私の頭に舞い降り、次々と言葉を伝えてきました。これらの詩はそれを書き留めたものです。

これ以外の詩四篇は若い時期に書いたもので、以下の通りです。

「とまり木のない九月」は私家版詩集『とまり木のない九月』（一九八五年十月）収録。「蜃気楼」は文芸同人誌「無人塔」第18号（一九八二年四月）掲載。「あなたのいない六月の庭ver.2」（初出題「あなたのいない六月の庭」）と「季節が変わる日」（初出題「傷にならない季節のために」）は「無人塔」第20号（一九八五年十月）掲載。

この詩集を、天界の菅聡子氏、愛犬ポールに捧げます。

そして、限りなく優しくありたいすべての人々に贈ります。

二〇一九年十一月

大塚常樹

著者略歴

大塚常樹（おおつか・つねき）

一九五五年生まれ。一九八七年にお茶の水女子大学に着任。

現在お茶の水女子大学基幹研究院教授。

高校時代に「大河」等、大学時代に「駒場文学」「海燕」等、社会人になってから「無人塔」「海月」等の文芸同人誌に詩と小説を発表。

現在の主たる活動は文学研究。対象は近現代詩、宮沢賢治、梶井基次郎、文学理論。

主な著作
『とまり木のない九月』（私家版詩集、一九八五）
『コレクション現代詩』（共著、桜楓社、一九九〇）
『宮沢賢治　心象の宇宙論』（単著、朝文社、一九九三）
『宮沢賢治　心象の記号論』（単著、朝文社、一九九九）
『現代詩大事典』（共編著、三省堂、二〇〇八）

詩集　ゆめがあるのなら
——限りなく優しくありたいひとたちへ

発行　二〇一九年十二月二十日

著者　大塚常樹
装丁　直井和夫
発行者　高木祐子
発行所　土曜美術社出版販売
〒162-0813　東京都新宿区東五軒町三—一〇
電話　〇三—五二二九—〇七三〇
FAX　〇三—五二二九—〇七三二
振替　〇〇一六〇—九—七五六九〇九

印刷・製本　モリモト印刷
ISBN978-4-8120-2551-2　C0092